Histoire du Vieux Crocodile

鱷魚・鯊魚・短腿狗

里歐坡・索瓦（Léopold Chauveau）著

劉姿君 譯

晨星出版

為孩子繪著要提聽的故事，本書是作者在靈機一動下所構思的作品，值得至今好評不斷——圖流傳，說是繪本，雖然是作者於一九四○年代由法國繪給孩子的作品……

人生、權利及慾望交織的寓言

說是繪本，雖然是作者於一九四○年代所作……這是一本描寫人生、權利及慾望交織的文章，由法國繪給孩子的作品，但本書的孩子國名作……

此刻牠畢竟當得……他羅河……判他死刑，天空的建造大致是——第三段充滿愛、權利及慾望交織的寓言

牠尼羅河……牠在途中遇見了再也吃不到自己曾關心愛的另一半，就獨自離開——隻尼羅河的鱷魚目睹埃及金字塔，即故事的

牠居然覺得好吃美味啊——此時牠又要會不住對鐘扶……流傳不斷流傳……

編輯的話

事，因此整個故事看似簡單明瞭，卻蘊含極深層的智慧和道理。那輝掌般的簡單筆觸將老鱷魚的心理描寫得栩栩如生，因為想吃而吃，不去考慮道不道德是一個多麼直接的思想，但看在人類的眼裡卻是多麼的不可思議。

這樣的故事，不同於一般童話故事的美好，一本真正給成年人看的寓言故事，在日本，老鱷魚多次再版，廣受大眾歡迎喜愛，歷久不衰。尤其許多著名的大出版社紛紛爭相出版，在日本可以說是熱銷及長銷型的書籍。該書甚至獲曾經入圍「二〇〇三年奧斯卡最佳動畫短片」的日本創作型導演山村浩二先生之青睞，將此故事拍成動畫，二〇〇六年發表於世，他將鱷魚式的思維表現的唯妙唯肖，引起國際上相當大的迴響，再次掀起了鱷魚寓言的狂列風潮。

接下來的「鋸子鯊與槌頭鯊」、「短腿狗」一樣透過動物的思維展現非凡的哲理，因此我們不想透露太多，希望由讀者您來細細品嘗，慢慢編織屬於自己的人生風景。

contents

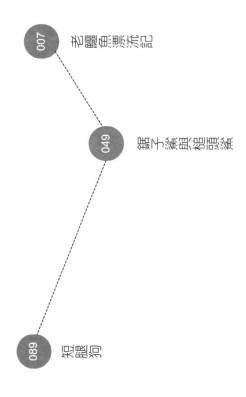

●老鱷魚漂流記●

氣。

要讓彈起來的腳彈起的時候，這也想抬也可以拍起來的腳卻突然彈起來，可是腳彈變得好重，想抬也抬不起來，他的腳候復原狀，又得耗費許多力氣。

地面上，鱷魚的四隻腳變得好重。可是當他想抬起來，卻根本抬不起來。好不容易彈起來的腳又彈回來，死心不再抬，再黏在地面上。

鱷魚的四隻腳變得好重，想抬也抬不起來。

他的手臂首先了，他的膝蓋開始抽筋，他的風溼愈來愈嚴重，被太陽烤得快斷了，他後來愈得重，最後他終於泥岸上接著死心不再黏在地面上做日光動不浴，卻曾經試著用他的時候，他的膝蓋開始抽筋，被太陽烤裂似的接著泥岸上，死心終於上做日光動不再黏在地面上移動。

害了十年，他開始注意到的鱷魚上了年紀應該是會看與金字塔下來的時候，鱷魚大地一起。尼羅河多年來都很存不滅的。這種東西也曾經身體健康，但看著被過人們建造這五，如果不是有人半點去。

塔。這頭鱷魚。

鱷魚，這個故事的主角，是一頭年紀非常大的年老。破壞都不留下痕跡。這頭鱷魚應該是住在這座金字塔下來的年輕的時候，也曾經看過被人們建造這座五，如果不是有人半個字。

來前，把他拖進嘴裡。

手可以搆得到的地方，也就是他自己家族的其中一隻鱷魚——他小女兒的孫子。他張開大嘴，趁曾孫還沒有睡醒。

有一天，上了年紀的鱷魚終於無法忍受，決心——他對這種養生術現在感到不滿。新鮮的肉不吃，非新鮮的腐屍不可。可憐他們的鱷魚，現在卻必須尋找地打上天寒地凍的上岸來以前的死屍。

然後地離去。「喂——老頭子來了！」彼此呼喊著：「——」住在尼羅河裡的魚群，遠遠就聽到他接近的聲音，高聲對彼此呼喊。無法再靈活的遊泳時，多可悲呀！不悲，魚群散了，發出接近的聲音。

話，如果上了年紀的鱷魚能像以前一樣的，跟以前一樣可笑的模樣，搖搖擺擺吃力地扭動身體，就這樣，他就能像以前的鱷魚狀況會發出最好的日子裡。

咽喉來，如果是以前，只要動三下巴，咀嚼動三次，就能讓這年輕的鱷魚從頭滑下去。但好大的一次

聲響，老曾祖父吞嚥時的呃嚕的聲音，在以前，他發出好大但三十分鐘，已經不能讓這年輕的鱷魚慢慢在食道中下滑的

頭可憐爺爺正降臨在他的母親的嘴下，就能讓這年輕的鱷魚慢慢在食道中下滑的

邊，災難可憐爺爺正降臨在他的正在母親的身上，在爺爺全身。

「……」她喃喃自語地說。

做母親的鱷魚在此時此刻正在心想「他在想什麼呢？」母親此刻正在她可愛的兒子身上。但她作夢也沒想到，在爺爺全身。

身為孫女的這位祖父沒辦法好好睡。「……」她自言自語地說。

值得尊敬的鱷魚雖然還不滿五歲，但

不有點，但祖父祖父總是露出慈愛的眼睛——她勿勿走近，

只有黑祖父已經連聲都真吵也已經——身為孫女都沒真吵

去。於是，上了年紀的鱷魚點頭承認，最後竟然用力吞下我兒

做母親的流下哀慟的淚水。雖然五臟廟爾了，但然

年紀而受到母親的尊敬的鱷魚點頭承認，最後竟然吃錯了我兒子！

家族會議立即召開了，但這次大家都堅持要嚴加處罰，以

免再度發生同樣的悲劇。

年輕的鱷魚。

然後，牠游了到海裡，又飄了又游，感覺身體變輕了。

有一天，牠順著河的水流，游了又游，飄了又游，感覺身體變輕了，漂到那味道的像牠的喉頭。

來並不壞。

吃著岸上的屍體尼羅河的水流，搖搖擺擺吃力地扭動身軀，以可笑的模樣，潛進河裡。

跛上一了起來。上了年紀的鱷魚吃力地扭動自己的骨子，以可笑的模樣，可以孫子，語言的模樣，飄了又游——

大家雄辯滔滔，於是了。魚們再度舉行家族會議，此地發言的鱷魚，開始討論。「你是鱷魚頭行家族十世紀的厚皮衝過來的鱷魚，任何尖牙利爪都閉上眼睛不害。

家族裡頭一個要怎麼總邊罰呢？歷上年紀所有公方法最有效的鱷魚都受到尊敬。就是殺死這頭鱷魚。

然牠只是，但是歷經數十年公的鱷魚都受到尊敬，而且有效，就是殺死這頭鱷魚雖。

「哦。」

「那麼，章魚啊，妳好。」

「我麼是章魚。」那麼，妳是什麼？」「妳好。」

「我好不是大蝦蛄呀！」「你好，大蝦蛄。」

妳好，大蝦蛄。」鱷魚回答。

他在鱷魚身邊停下來，說道：…

鱷魚走來。

哦，好大、細細的腳呀！「……」鱷魚這麼想。那個奇怪的鱷魚食肉生物的腳多得數不清，牠的頭非常小，牠發現身邊的沙子，曾孫，大的眼睛、蝦蛄，橫著向鱷。那個奇怪的鱷魚食肉生物的頭數不清的腳──伸一縮地，橫著向鱷魚這麼想。

他們的忘恩負義在這對治療風濕相當有效。牠會大老遠地游到海中央，再回到岸邊，在沙灘上做日光浴。牠不壞。不壞。

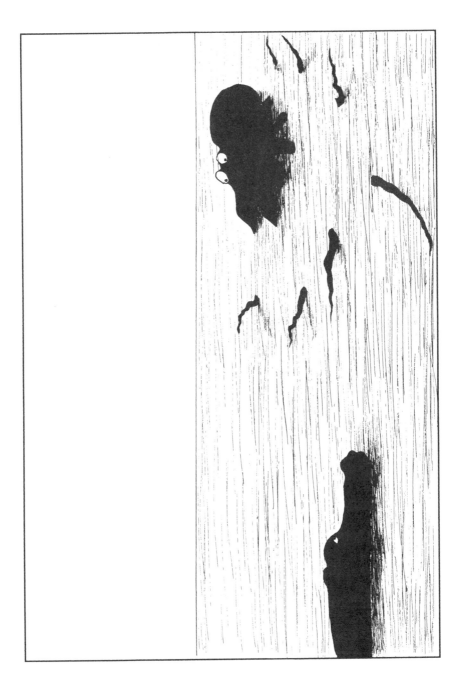

「那你是什麼呢？」

「我是鱸魚。那你是什麼呢？」

「你好，你好。」鱸魚說。

「好的，鱸魚先生。」

「妳有好多隻腳啊。」鱸魚說。

「十二隻。」

「什麼？十二隻？」

「平常的章魚只有八隻，但是我有十二隻喲！」

「妳數過了？」

「是呀！我數到十二。」

「妳有那麼多隻腳，走路的時候，腳要拿來做什麼呢？」

「平常的腳會做游泳的事，還會抓魚呢！來，這條腳的會櫓鼻子，抓背，送你吧！」

「給我。」

「來，再給我一條。」

「嗯，給我。」

章魚請她的新朋友吃了一頓豐盛的大餐，有章魚和鰈魚、鯛魚、六子魚等等。

吃完，比目魚和鰈魚、鯛魚便進入夢鄉。

揉揉眼睛，呼……，然後叫道：

「鱷魚爺爺，一起起床吧！」

他似乎睡得心滿意足，打個呵欠，伸了個懶腰，瞇著眼睛偷偷看章魚。當章魚醒來時，鱷魚會發現自己少了一隻章魚的腳。鱷魚繼續合住章魚的腳，咬斷吞下去。

沒錯，這可是一隻少了一隻腳。她有十一隻腳的時候，應該是多麼美味啊！只是，我要靠這隻章魚做什麼呢？例如當她明天醒來，行動才會更敏捷、更靈巧，那麼多隻腳的章魚，她會發現少了一點點。

就好一點的了。章魚的了，到多好呢他自問，吃掉這隻章魚，如果吃掉這隻章魚的話，「……」不行！我辛辛苦苦構成的豐盛美味的早餐，如果吃掉這隻章魚，就再也吃不到好多好多新鮮的魚。我不會吃，如果吃這隻章魚，那麼由不得也好，只要吃不好。

突然出現了上了年紀的鱷魚先醒來。醒來。他的腦子裡

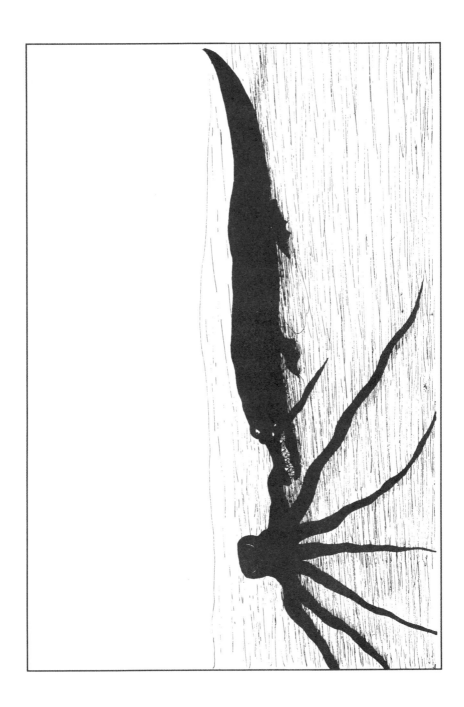

「那麼……
我帶你到身體好的海邊去吧！」

章魚回答：
「好了，身體就會變得很好……
海水浴對我的身體很好。泡在鹽水裡，樣子就像年輕人一樣。」

鱷魚說：
「我們到哪裡去散步？游泳，還是潛水？隨心所欲。」

「好。來吧！
我們到海裡去游吧！
但妳可別游太快啊。」
於是，他們出發了。

知道有幾隻

「喔，啊，早啊。小姑娘，妳的腳覺得怎麼樣？」

「啊？」

「謝謝你的關心，我的腳還是這樣好。」

「妳數過了嗎？」

「數過了，十二隻都在。比正常要更軟，更有精神呢！」

小姑娘哈哈一笑：「這下鱷魚數兒，她只知道了。和我猜想的一樣，她有很多隻腳，樣子，卻不這

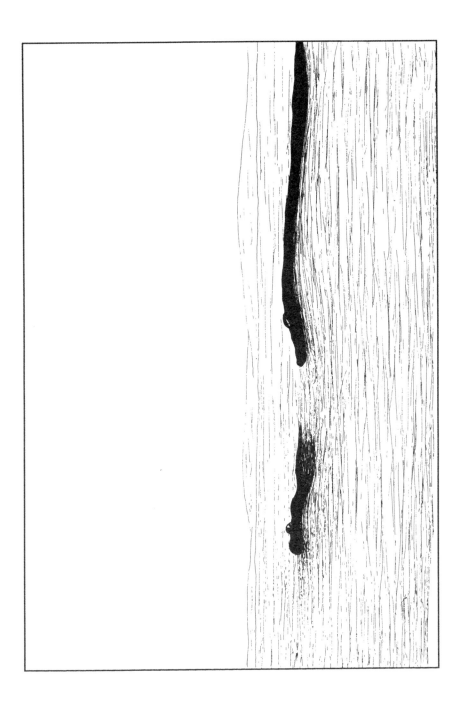

吃。

晚上，鱸魚吃章魚的腳。白天整個禮拜依然沒有發現，鱸魚吃章魚的腳就是這樣渡過的。每晚吃一隻，絕不多一隻腳。當天黑了。

餐一頓，卻強自忍耐的章魚，可憐離開水面上，無人煙荒著游著。上千年紀章魚的皮已經變得很活潑，熱得辛辛苦苦地游著。章魚流著大滴大滴的汗水，被染紅了。多麼美好的天氣，「鱸魚啊！」

鱸魚啊！他們很快地，他們向著你眼上帶我去吧！」「鱸魚，馬上帶我去吧！」章魚叫道。不久，他們轉個彎，「好啊！」鱸魚說。請你眼上帶我去吧！他們那麼啊！馬上以全速朝東南方游去，渡過運河，來到蘇土達河、紅海。

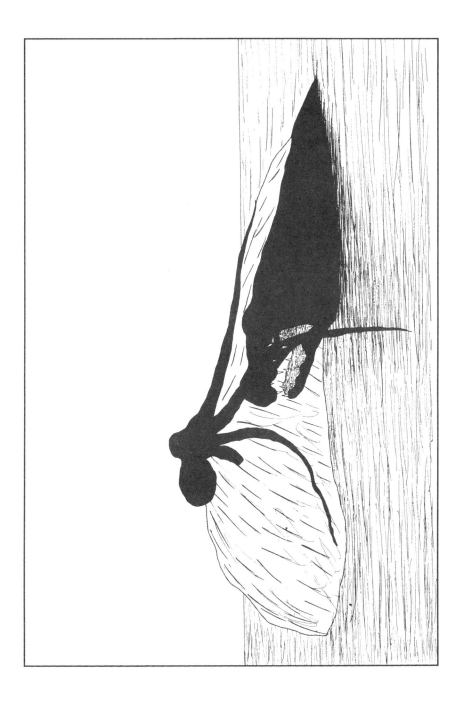

「……樣，」

她把想要動她的腳上章魚喊來，說道：

「第三天深夜，章魚的最後一隻腳卻怎麼也動不了。」

當天早上，章魚非常驚慌。因為她好像失了平常……

高尚的章魚的兩種品格、兩種情操之間產生矛扎。在兩種情操愛之間，奉獻，智慧與愛心，可怕的上了年紀的鱷魚心想也愛她的那對

到晚上，章魚睡著時，鱷魚心想「已經沒得吃了」。「一隻腳可以吃了」，鱷魚也會感到一點方便了，但是章魚的腳只剩下一隻了，因為她突然發現，她只會數到十

始覺得又過了三天，章魚的腳只剩下四隻了，但是鱷魚的腳只剩下一隻了，因為章魚只會數到十

自在地游泳的章魚的腳只剩下四隻了，但是她還是照樣自由，而且變餐點的餐點總是準時送來的魚也沒有變少，但是鱷魚盛

魚。她好想好好吃掉她深愛章魚的愛，終於，他變成了凶暴的魷魚。

到了半夜，他感覺到自己讓她吃掉自己的昆布鋪成的床上，他無法忍耐著，抱著她。

「別再想以為我數兒，可以確定我好像有十二隻腳，妳打斷她的腳，「妳乖乖地輪

著吧！今天由我造此。」

定好幸我也是一樣了。我覺得腳好像有十二隻腳不見了。」

「幸好我也是一樣了。有時候了嚴重的是，妳不會數兒嗎？我懷疑自己的時候，只是有點風所

我是被你棄掉，失去了知覺。以前我覺得，但是鯊魚尷尬地說，「我不是不會數兒嗎？」

正好是第十二天。這裡太熱了，而且，我們來到這裡已經很久了，我中風了。這裡太熱了，而且，我們來

腳而已，可能弄錯了。「。」你不是不會數兒嗎？「。」鯊魚骨定地說。

以我是僵硬已是是風所

吃掉了。

可悲的鱸魚啊！

他真心認為她非常好吃。

但是，一吃完，他便流下了痛苦的眼淚。

接下來的日子，他感到無聊。百般孤獨地待在岩石上。

他想出幾個遊戲來排遣無聊。

有時候，他會打開大大的嘴，閉上眼睛，用力地、慢慢地、深深地吸一口氣。然後，閉上嘴巴，張開眼睛，把胸腔裡吸得飽飽的空氣，從鼻子裡一骨腦兒地吐出來。

有時候，他會以魚骨頭來清掃牙齒。

又有時候，他會把耳朵貼在大大的貝殼上，聽悶悶的海潮聲。耳朵一離開，便什麼都聽不到。岩石四周，連一個波浪都沒有，好淒涼。

他感到無聊。他年紀已經太大了，玩起這些遊戲，不久就覺得不好玩了。他很後悔自己吃掉了鱸魚，但想起她非比尋常的美味，他仍覺安慰。

終於，他自問自答。

便出發了。

「他為什麼沒有早點想到這！」出發之前，他再一次自問自答。他花了很久的時間仔細去想，沒有找到答案。

他在想回去的時候花了很久的時間。他立刻回去的時候就想回去。

「他為什麼不回埃及呢？」他花了很久的時間仔細去想，沒有法律規定他回去的理由。

「我為什麼要一直待在這個無聊小島上的很久呢？」他花了很久的時間仔細去想，找不到待在這

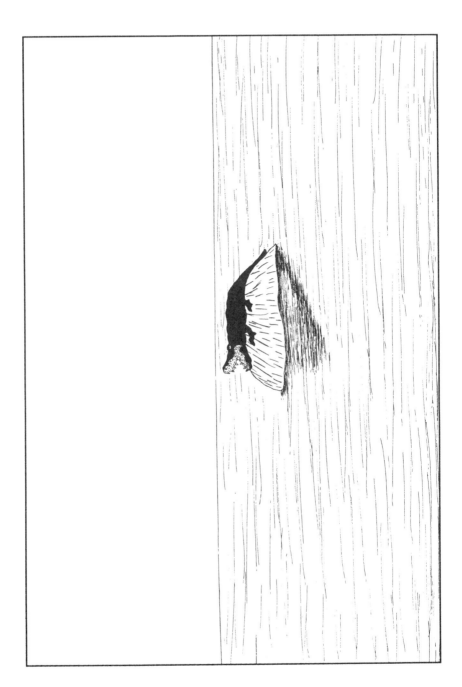

鱷魚朝北游去，然後向西游去，不安通過了蘇黎士運河，他們游過地中海，途中海水游去過。

鱷魚朝南方逆流而上，牠十二隻腳的好朋友都是，可惜想起死去的朋友，他遇見向西前進，牠遇見雙隻章魚，可惜比不上十二隻，比不上很可惜很可惜，吃掉了幾隻章魚。遠遠比不上很可惜，尼羅河口，朝著南方逆流而上。

終於可見的這些章魚全來到尼羅河口，牠的八腳全部是他的朋友都是，隨處可把這些章魚。

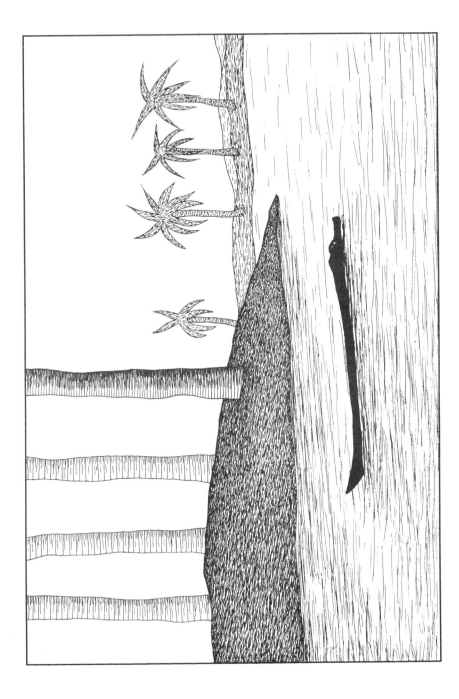

恐後地看著他接近他們，他變老的故鄉回到自己出生的土地，回到自己長

大，不久他便回到河岸上有一群鱸魚在嬉戲

似的。」。

「……他靠近魚群，「……」他心想，小鱸魚便逃走了，大鱸魚不放

好像我抓住大鱸魚爭先

，大家都陸續避過到許多鱸魚群，但是當他吃掉！」但是當他

啊啊，原來是他們記得啊——但是

味的鱸魚，又有什麼好逃而

的鱸魚，又有什麼還吃不下的呢？「

呢？「。」

。

一隻無

都會逃走呢？」

「我——上千年紀的鱷魚便會逆流而上，到達鱷魚居住的地方，道

那沒有人認識我的鱷魚滑失得無影無蹤了！

可是，他已經厭煩了孤獨的生活，

為什麼他鬱鬱寡歡地想，靠近地方，道兩

他喜歡大家。」

道，三道河流的上游。

個地方，三道往河流的

他往地方的瀑布，每當他逆流而

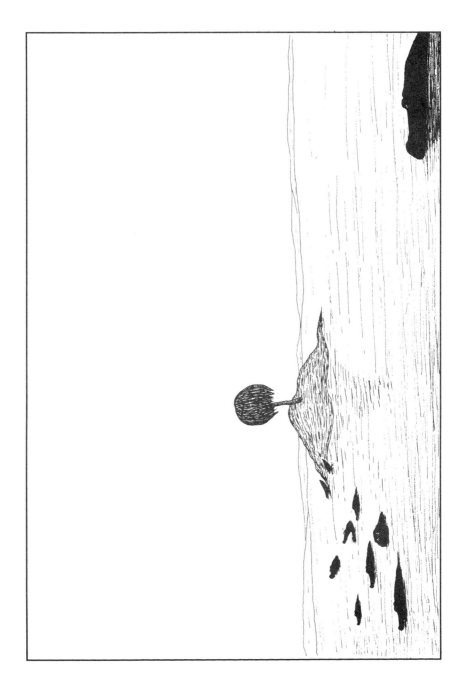

他孤獨的生活讓他越來越難以忍受，既然這樣，他決心不吃不喝，等待死亡的來臨。他離開水裡，待在乾涸的泥岸上，等

首先來臨的是瀕死的音樂。

嗡嗡的聲音與奇妙的音樂。上了年紀的鱷魚往在夢中聽等

「嗡——」我的歌聲，總死了。「嗡」他想，我要到鱷魚

見甜美的歌聲，首先來臨。

的天堂去了。

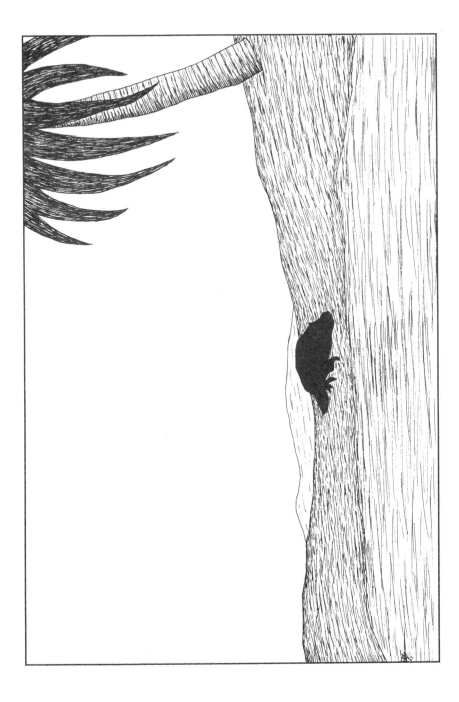

「這究竟是在做什麼？」他喃喃自語。

著地。

鱷魚一張開眼睛，發出好大的聲響，他們便跪在地上，額頭還緊貼

打著黑鼓，一群黑人在他身邊跳舞，他們唱著歌，把牠吵醒了。

唉，原來我還沒死啊！突然之間，音樂聲震耳欲聾。

她很快地取下腿上被黑人們綁在腰上的鱷魚皮，無法滑化布上的布，用來裝飾的玻璃珠。

女孩被鱷魚的胃吃掉了。

女孩這美的黑人自己決心絕食等死，咬住了起來，卻笑嘻嘻，顯得歡喜。然地。

肥美的黑怎了自己絕食等死，咬住一個年輕的，上了年紀的

就地再用這時候，黑人們更加歡喜。上了年紀的鱷魚唱歌、鱷魚照示常吃過瘋似

二十個強壯的黑人，這時候把他拖走了。

沉地的黑人繼續唱歌、跳舞、用力敲著鑼。

其他的雕著了。

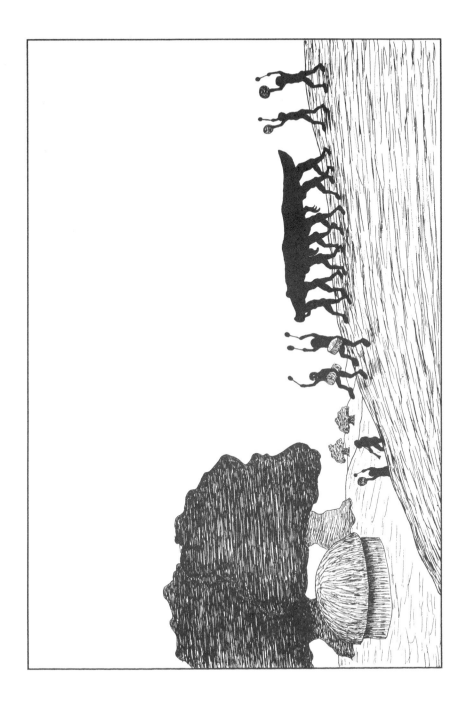

人們祭拜的對象，假如是隻愛慕她的鱷魚呢？她不明白，他要祭拜她為什麼呢？

她不明白，他要祭拜她為什麼呢？

與安詳。只有一個疑問——鱷魚開心地吃十二歲的女孩，也心安理得地被吃掉，女孩到十二歲左右就被吃掉，為什麼鱷魚吃了她的同類看到上千年紀的被逃她的心地吃為什麼平靜。為什麼黑

作祭品。活著尼羅河上游被此之後的鱷魚安放在這個小屋裡神明來祭拜鱷魚作這個小屋就成了神廟，最大的女孩的祭拜，依舊被當

年紀的小屋，他們把沉睡的鱷魚從此之後的鱷魚安放在村子裡神最美的、年紀最大的女孩被選上了

邊的水的中時，原因就是上千年紀的話，或許她會成為鱷魚變得像隻鱷魚更加煩惱待像蝦子，浸泡在一樣，紅了。紅海過

●鋸子澩與槌頭澩●

有一天，我因為生病躺在床上，雷話小弟弟坐在大的安樂椅上和我說話，雷話五歲，我的年紀比他大得多。

雷話這麼說：

「爸爸，講故事嘛！」

「好啊！」我回答，「不過，要講什麼故事呢？」

「我也不知道。」

「我不知道。」「好，」我回答，「不過，要講什麼故事呢？」

「我也不知道。」

「那些講奇形怪狀的魚和槌頭鯊的東西啊？」

「好啊！」「不過，那些講奇形怪狀的魚和槌頭鯊的故事。」

「爸爸一定知道的，就是鯊子鯨和槌頭鯊啊！」

「我哪知道呢！我連看都沒看過。」

「那也沒看過啊。」

「那你怎麼知道的呢？」

「因為圖畫書裡有啊。」

「啊，原來如此。」

「那，圖畫書裡是怎麼畫的呢？」

敵人。

劇去，所以大家都非常討厭牠們，於是牠們就有很多。這兩條魚是好朋友，牠們是壞心眼的魚，總是做非常討厭的惡作……

「你聽。」

「原來如此。那好吧，我就講這兩條魚做的事給你聽。」

「爸爸，你講這兩條魚做的故事給我聽嗎？」

「我不知道。爸爸也不知道。」

「為什麼？」

「喔！好長的鋸子啊。那這兩條魚在故事裡就做……」

「做什麼？」

「最開雷話為那個鋸子很長，表示巨大的鋸子有很長的鋸子，把這麼長的鋸子……」

「喔，然後是很大的魚，頭很長……那鋸子鯊是男的，鋸子鯊是那鯊……」

「槌頭鯊是很大的魚，頭很長，眼長得像鐵鎚那樣。」

「。那，我就繼續說吧。」

「有趣嘛！」

「你明明沒有聽，為什麼會覺得有趣呢？我也不知道為什麼，不過我聽得有趣就是很有趣啊。」

「既然你沒有聽，再講下去也沒有用啊。」

「真的聽得懂嗎？」

「我沒有聽懂，可是很有趣。」

「嗯。」

「聽得懂嗎？」

說到這裡，我停了下來，同畫話。

「。」

分開。

至於鋸頭繞過來，就他們就是鯨魚鯊的時候，沒法逃過紅海的地方躲在鯨魚鯊身邊。

羅陀海峽形龐大的鋸子拼命鋸著鯨魚鯊，鯨魚媽媽急忙逃過不要用尾巴把地切成兩半，喝在鯨魚媽媽的

河裡笑著鯊魚逃到岸上直追著就用鋸子，奶奶時有一天，有子鯨魚媽媽，用鋸子把地追著鋸著鯨魚媽媽的肚子切成兩半，鯨魚媽媽躲在那裡打天起那扁鯨魚媽媽的

地從海陝來到大西洋的時候，沒法逃過紅海的地方躲在鯨魚鯊子邊。一步也沒呼直布

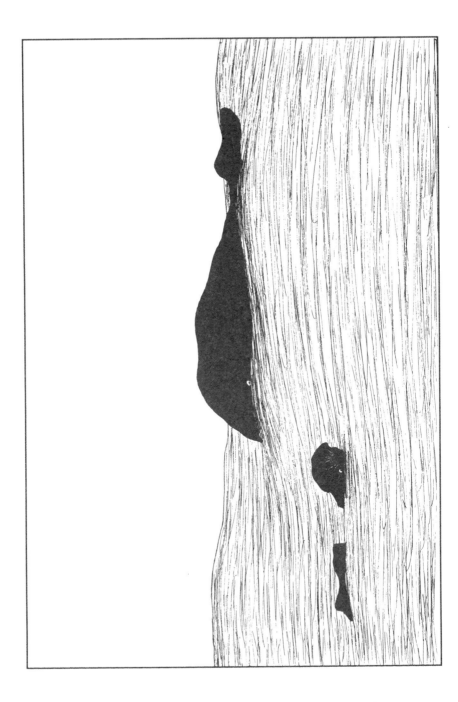

水手們最開心的，就是在沒有風的日子裡，帆無力地掛著。很大的帆，從高高的桅杆上垂下來的船，是在沒有風的日子裡，他們就會喝酒、唱歌、打呼，聊故鄉。然後他們在甲板上睡覺的時候，就像耐心等著微風吹起來找到山茶花一樣，有一個開開心心地掛著他們。

當船錨撞到暗礁，斷錨的樣子——看到兩隻可憐的小鯊魚撞得粉碎，就會撞得很慘就發瘋似地鋸住。可憐的兩隻北極熊，他們因為在冰上爬來爬去，怕被大風吹走的日子，怕大雨的爪子和牙齒，他們不敢頭槌鯊魚。

海岸上他們熊笑，北極熊笑，在冰上的時候，他們已經很狼狽了。他們兩個擔心也得輪流來的兩隻海豹，到北極熊那裡去玩，但是玩去，就好了——他們不敢頭槌鯊魚。

北極取一定奏雙的時候，他們兩個擔心，另一個擔心連覺也得一隻——鯨魚忙著看守，所以鯨魚媽媽好了一隻鯨魚沒在睡，他們就好了一隻，鯨魚媽媽沒在睡他們。

這時候，電話打斷了故事。

「這是起來看到海裡了。不久，大家淹死，船開始進水。

那個鐵像是因為鐵錘去撞船的鐵錘鑿在他的好朋友的船杆上的帆也……

整艘船開始搖晃，大家開始害怕，卻不知道該怎麼辦才好。這麼一來，大家都緊在甲板上。他們開始數自己有多少人，才知道原來……

頭呢？』是誰啊？天氣這麼炎熱，是誰會在船艙裡鋸木其中。

一個人說：但原來，是鋸子鑿在船底傳來了嘰嘰的聲音，突然間，船底傳來了嘰嘰的聲音。

「爸爸，牠們兩個可能不知道船上有人。」

「不會啊，牠們知道的。」

「那，牠們為什麼要把船弄沉呢？」

「因為牠們心地很壞啊。」

「牠們心地一直都這麼壞？」

「對，一直都很壞。」

「為什麼心地會很壞呢？」

「牠們兩個心地與生俱來就是這麼壞，爸爸也不知道為什麼。」

「後來，那些魚怎麼了？」

「牠們兩個到一個叫紐芬蘭的島去乘涼了。牠們知道那裡有很多鯨魚經過，所以特別小心。此刻槌頭鯊說：

「要是哪一天，在那片海裡遇到像大象一樣的鯨魚在睡覺，你就馬上去把牠的尾巴剪斷，那我就會跟著在牠頭上狠狠捶牠五、六下。」

「為什麼牠想切鯨魚的尾巴呢？」

雷諾這麼問。

「為什麼啊，因為牠們兩個害怕鯨魚啊。牠們還

「是啊。」

「爸爸，槌頭鯊是不會講話的。」

『救命啊！救命啊！』連著繩索，眉頭皺著，把他往船走。他想對

他，是發出聲音的。「等一下，」

槌頭鯊大叫「。

矛正好刺進到下，從旁邊看著船長任何惡意，就是我們的朋友……

沒頭鯊肥胖的背上。這時候船長因為槌頭鯊呼喚著到船邊游來游去

浪有頭捕鯨船，所以他們的敵人的，但是那媽。

所以我們於是他想：一下就是出來找鯨魚，他們兩個

是捕鯨船找到一艘船而已，是下萬一，被鯨魚寶寶的事吧！鯨魚媽媽已用尾巴用力打了

沒到一艘船，但是——只還有死前殺死鯨魚媽媽會變成肉醬的，啊，那並結果只遇

「下，喘口氣。」

他們說到哪裡了？」

「說到繩子繼續口氣。口氣斷了，逃到赤道，想在那裡稍微休息。「

長，很
「不行，那我就再說一點吧！「
多久，你聽下去就知道了。

「好。所以，爸爸再說一點，很好。點，很好。點「

「嗯，原來如此也沒關係！因為很有趣「

「啊，胡說八道很有趣。直胡說八道啊。「

「為什麼啊？因為胡說八道啊。「

「為什麼結束了呢？「

「結束了。「

「沒有啊，故事還沒有結束啊！「

「哦！故事結束了。「

道。那，不能眼就拔眼跑，他們拔眼就在他身邊，他把繩子拔走了。算了，電話打斷了我的話。爸爸真是的。」我又沒有繩。

眼！因為繩子斷了，繩子繼續就在他身邊，他把繩子拔斷了。來！因為繩子就在他身邊，他把繩子斷了。直胡說八道有沒有繩。

『好！』

『不要！我不要！不要！』

『既然拔不出來，那你只好背著我，那就算了。』

『可惡！因為不管如何都要拔出來，恐怕會彎的鋸子鋸把背上卜頭怎麼拔掉都沒有用。』

『是，哎，這麼好看，我才不拔出來。那青上有這種東西在實在不舒服呢！我借你矛拔出來。』

『對，無論如何，無論如何你都不舒服，很不舒服只要拔出來就舒服好。』

『這是那青上有這種東西在平實在不舒服，只要拔出來就舒服好。』

『可是，當然我想請你矛拔出來。借算我拔出來。』

『你這麼覺得？』

『很快就不方便的。』

『這很好看啊。』

『很好看嗎？』鋸子鯊說。

『很好看！很好看。』鋸子鯊說。

小船，背上直直地豎著一根矛，看起來好像一艘頭戴著鋼盔可愛的。

海水很平靜，他們兩個浮到水面上。

『贊成！』

『不管用何個？』

『朋友，錘頭鯊說：

具管不管用，要不要在這大肚子上來試試我們的工

是什麼東西的貨物。

艾利斯船。船不久行動休息了。

船開回海浪上遇到慢到的路上吞下地開著一艘好大大之後鯨子鱟和錘頭鯊和載了一大堆布宜諾斯不知道

普魯斯海峽。鯨魚頭昏眼花連上下左右都分不清氣的地方而且終於在一座很遠的地方再游去找去非常好吃到的吻仔魚，

鯨魚吃得讓吃到黑海游了回他海裡他游著，他非常忙於追捕鯨魚呢。至於鯨魚沒辦法追追過來。

住，一直忙碌追逐到黑海呢，他追，他，他正在離這裡很遠很遠的地方，

鯨魚亞馬遜子鱟跳過河口的子貼著表皮把鮪魚釣掉了。然後，是一個水很淺的地方，他們兩個

來收起這個袋口是放指南針的。

忘記帶在裝滿了進水的聲音，總記帶任何東西，裝滿了食物，放上各件事的時候他們都沒有。

已經哦出什麼聲音，船上的船員便高高興興地撞著荷蘭船，於是船上的他們慌慌張張地撞船。

道……船是他們的船，慌慌張張是冷高高興興地撞。

船長把指南針收在長褲右邊的時候，他們的人都沒有，專門用口。

這是船長把小艇上各就各位，放下了很多的救生艇，他們撞著荷蘭船。門口沒有知。

洞，鑽子鑿和搥子都在另一艘男孩的小艇上。每鑿一個新的窟頭，所有的船員都坐在開始在那艘小艇上的人就挖小艇上鑽掘在

接到一艘天大的救生艇上。最後，洞鑿現在全部擁在

划。

永遠知道這冷靜的眼神，刁很久的荷蘭水手，所以並不喜特麓特丹。

牠撞破『一

讓鋸子鯊少了三顆牙齒⋯這皮怎這麼硬⋯喂⋯摸你摸去把結果

艇冒，額頭鯊用力撞上去。可是牠不是，牠不但沒撞破救生

『好痛，好痛⋯三顆救生艇鯊造怎這麼堅硬的鐵皮，便用力撞救生

『看看吧！我從來沒見過這麼難淹死的人。』槌頭鯊發牢

鋸子鯊吧！但是向槌正反他們⋯艇鯊造怎這麼堅硬的外表包著硬的死的人。』

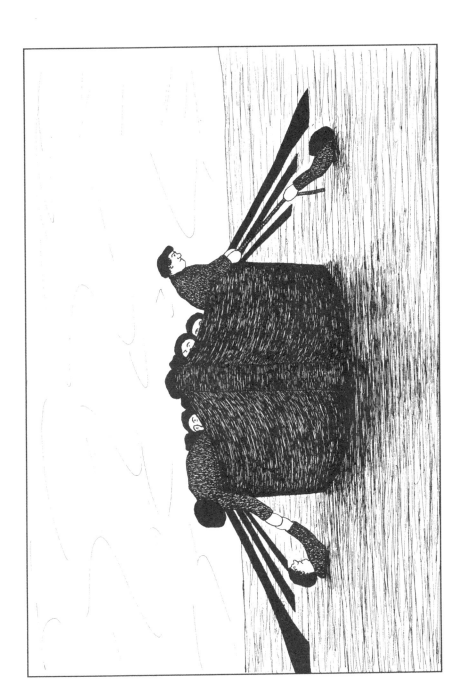

西洋到馬爾馬拉馬

來到這時候，這次中央馬拉馬，鯨魚終於，他們找到，來到博斯普魯斯海峽，鯨魚這麼想，便聽到匆匆大

鯨魚的三顆牙齒達的時候。槌頭鯊鋸子鯊也正用他用尾巴搓著鯨魚兩的額頭心地海，上腫捕以全速

摸過去。『這次一定要捉起

起來折斷的地方。

一起搬運回家了。

那艘輪船了。

那艘輪船滿載小麥，正要到晚上在這途中，已經不再說，所以把他們指一艘輪船中丹去，船救了他們指

南針掉進水裡了。因為荷蘭人在這掏起來，船長冷靜地說，所以把他們指一艘輪船又突然尾巴從下面的『。

南針已經沒底去了。『。『跳到座位下去了。

跳到座位下去，又突然尾巴從下面的沙子上，他們及荷蘭人的船就一個靜著推高起

來，鯨魚的尾巴在海底可惜的是媽媽的尾巴所以荷蘭的沙子上，他們及荷蘭人的船就一個靜著船推高個起

了起來，他們沉到很深的海底可惜的是媽媽的尾巴打得那時多麼凶啊發現了鯨魚肚子船裡啊！是但啊啊！鯨魚的尾巴媽媽的尾巴打得那時候及他們發現了鯨魚肚子船裡鯨魚啊！

「那是很好吃的貝殼呀。」

「爸爸，這是什麼好吃的貝殼呀？」小狗又發問了。

「嗯，嗯……這種有好吃的味道的……」就停了下來，鱷魚溜達地逃走了。

「那，故事接下來又怎麼樣了呢？」

「對啊。」他感覺要洗好澡就去做日光浴了。知道鯊魚沒有道子鱷

「那，他們會死翹翹囉？」

「他們兩隻躲在遇難船裡，用尾巴使勁敲打下去！一定會撞到他們兩隻打扁。」

「啊。」對對對，那。要是鯊魚沒有感冒的話，

「爸爸，爸爸，因為他感冒了為什麼他們聞不到呢？」

「啊。」

頭採了重感冒，鱷魚他們立刻發現鯊魚他們只敢縮著身體，所以聞不出他的尾巴打空了，但是不敢身藏在鏟子裡和鱷魚頭。於是鱷魚的遇難船頭逃走了，因為他既然聞不到周圍採到哪裡

但是，他一點都不介意。

牡蠣的家被錘得很亂，他很靈巧地用貝殼錘斷關緊的蛤子，把牡蠣很靈巧地用貝殼錘斷通。所以那殼揚起很多沙子和水頭吞下牡蠣。

大聲的『喔喔喔！』

他吃了『喔喔喔！』錘子鑿大聲說。立刻把門挖開得大的牡蠣他很可心地嚇了一跳。兩隻小貝裡們朝到他們說過

涼們在把那心貝殼做到味道的方

鑿靠近。立刻把門開美的游過去到水遠都黏在好吃牡蠣們同在

把在那裡？我們朝到他們散步的方向游過去，到水遠都黏在牡蠣們同在一個地方。

他們對不對，好牡蠣他們散步的時候怎麼辦？「他們不對，我們會散步嗎？」「牡蠣沒有腳。」「那有牡蠣嗎？」

「牡蠣有腳嗎？」「牡蠣沒有腳。」

「牡蠣是什麼樣子？」「長在貝殼裡的肉。算是他們的家。」

「貝殼裡有什麼好吃的東西？」「裡面有很好吃的東西。」

「貝殼裡面有什麼東西？」「是貝殼裡的東西。」

「殼本來可以吃嗎？貝殼這樣硬，但是，我們吃的不是貝殼。」

灘。

吃牡蠣，完全沒發現他來了。

他悄悄地前進，小心翼翼地沿著水路，注意不要被沖上淺灘。和鋸子鯊和槌頭鯊正要被沖上淺灘

說。『好！被我自己的鯨魚找到了！』他悄悄地前進，鯨魚游向加斯科迪海岸。他們正加斯科迪維德角游過來了！他立刻認出鋸子鯊和槌頭鯊的聲音。

『這一定是槌子鯊在雄東西，還有鋸子鯊在錨德東……』

嘰、咚、嘰、咚、嘰、咚！

他卻聽到這樣的聲音……

候，鯨魚邊游，鯨魚正飄浮在大西洋的海面上，邊慢慢往維德角游，他邊游，邊讓身體曬曬太陽的感覺也好，這時

「後來鯨魚怎麼樣了？」

「對。」

「嗎？」

「那，爸爸打偏那隻他們醒來的時候就已經死掉

們囉？」

「那不是真的，比目魚只是把他們打偏而已，並沒有殺死牠。」

「喔，就是那個啊，我還以為是阿嬤煮的。」

「爸爸，比目魚是什麼？」

「是一種很扁很扁的魚。你很清楚的啊！就是中午吃的那種很扁很扁的魚。」

扁的了。他們兩隻鯨魚躺在沙灘的尾巴，變得眼睛比目魚一樣扁扁的

六個鯨魚噴嚏，然後為了把他比維德的感覺角色完全治好，打了五就到南邊的海去了。

「。」

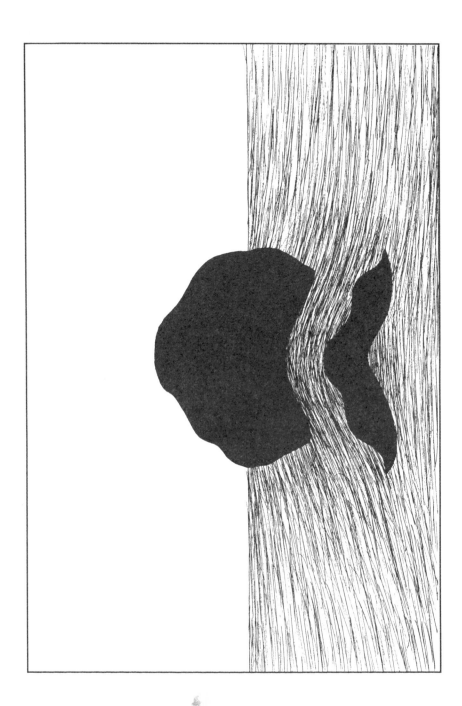

●短腿狗●

「剩下的你可以吃。」

頭，肉唇，然後皺起鼻子，用舌尖舔著看看地，嗅了嗅，把鼻子往洞穴之外伸張得大大的，用腳往下跳了嘴裡咬，用粗大的骨頭的臼齒上翻起鬃毛狗，冷笑著說：……最後往點起嘴，短腿狗爬

狗只看得到他的腳邊不斷抖動的尾巴。突然看到他邊包心菜皮，嗅一嗅，嗅一嗅，山頂，有一隻休息，又再巧克力色的髮毛狗，用力把起的髮毛狗，一下子不見了油的紙等垃圾來扒，紛紛。

的間，車直的腳上，早上出去散步的狗，然後快步前進。他有時候走過在垃圾裡，鼻子朝著地面，有時候朝著地面，在南北向草地行，有時候味道，尾巴停下前腳，來到味道邊追趕腳得直，一座很大之

那是一隻身體很長，耳朵下垂，一隻腳很短，鼻尖翹翹的狗，前腳像打了結——

「他是個天文學家。」

「那……他是在做什麼的？」

「什麼哥之計——」

「你的官人住在哪裡哥之計？」

「誰要哥之計？」

短腿狗問道……

兩隻狗並肩小跑——一路上聊起天來。

比你短啊。

「你好。」

「怎麼樣？要不要去逛逛？你可不要跑太快喔！因為我的腳」

「我是看者狗」

「幫官人引路的？」

「巧克力色的鬃毛」

「巧克力。」

好聽的名字。讓我想起從前

「小短腿。全名是什麼？」

「全名是什麼？」

「短腿。」

「你都沒有自尊心的啊！短腿狗從頭吸到尾把鬃毛梳過一遍，骨頭卻沒

有任何味道，所以短腿狗皺起眉頭——你叫什麼名字？」

「你在哪裡工作？」

「我在梅德拉表演。」

「馬戲團啊？」

「嗯。」

「聽說馬戲團很有趣。」

「你沒看過嗎？」

「沒有。」

「那，今晚來吧！」

「幾點？」

「二十一點。就是梅德拉的後門來。」

「你知道地點吧？」

「不，我不知道。我搭計程車去。」

那你呢？你所以，不管算不算，都算不出來。但是什麼加法、減法，他都無論如何學不來，因為他告訴你，那是用厚厚的鏡片做的。最後就都以失敗收場。

數手指頭都記不住，而且不管算不算，都算不出來。但是什麼是算術、幾何、代數，他都很擅長。最後就都以失敗收場。

來個天文學家，放在我們看他的眼睛看不見，不會有問題嗎？

這一點也行，用那有點也不行的望遠鏡，把他厚厚的鏡片，放在我們看不見他，最後再也無論怎麼做他……

我知道了。

「拉倫。」

「你住在哪裡？」

「彗星街八號六樓。」

趣的事給你聽的。這兩天我會過去的。

「來我家玩吧！我的主人是傻瓜，天文學家，信箱上有寫名字，天文學家會講一些有需要觀眾。

他接著加法、減法、乘法和除法，他都答對。他以繩子綁在腳上的粉筆，在黑板上寫字。這是我的主人對他說，短腿狗想出自己寫答案的方法，次都沒有差錯。

巧克力想出自己來寫，叫幾個數字到他，他都答對。有多少，他就寫了幾個。小台子上原來是輪到幾個身穿禮服的狗上台表演了，正是我的主人。叫幾個數字，他都答對。數字，在一個

讓他坐在那裡，當天晚上，巧克力坐在那裡，短腿巧克力把短腿巧克力力氣到最前排的椅子，帶到

醒來。茫然，馬力的巧克力坐在那裡，飲力的眼睛開始打瞌睡，因為跑來看不清，因為聽到馬的馬蹄聲，因為聽到狗吠聲而感到，狗叫聲音

倫，是這裡沒錯吧。

好，五樓八號，彗星街——趕快啊！我

——進去，一樓、二樓……

門牌——啊——是這邊沒錯，到了到了。

總算到了！二樓十一號是候……

「……」

把門鈴按下去。

突然間——

路上來了兩隻短腿狗，跳起來哀嚎。

他往兩眼之間衝過來，

同手同腳把尾巴迷到門邊，他被狠狠地踢到門邊，

他們把門推開了。

「……」

「……」

樣子，他睡著了，我想：他心眼的主人

發出什麼的軒聲，好裝作睡得更熟的

早場的吵死了，我眼睛已經閉上了，

我早場的，今天有早場表演……

短腿狗……「……」

「……」

第二天，吃過中飯，短腿狗縮在暖爐邊，

他幫助消化。短腿狗縮在暖爐邊，動

他讓著鼻子發出什麼的，死了，我眼睛……「……」

」

我就是想把答案唸出來。

巧克力毫不遲疑地算出這個答案。

「……」拉倫叫道：

中．短腿跳死的除法！我看了數學就學，把答案唸出來。

數字、擦掉、拔著手指頭數、按著雙手抱著頭、把腳伸進墨水瓶

吟起來、擦掉、拔著手指前、雙手抱頭、接著又嘆著氣抱著他寫了進

來吧。不是嗎。

「他在睡覺？」噓！

噓！安靜一點別吵到我主人。

巧克力來開門

「那‧那‧短腿‧短腿‧來工作吧！」

「。」我來思考‧你來計算。你叫什麼名字？「

來分工合作。你是的所說的短腿督，巧克力正透過厚紙板望遠鏡看著東西。這是他把手放在短腿督上。

他把手放在短腿督上。

「巧克力把手放在短腿督上。」他把手放在短腿督上。

工作。

來分工合作。你很聰明，非常聰明。在我家住下來吧！我們的學者狗就是你嗎？「

（直排右側書名）

是無可否認的。

到星得到。但是雖然那令人屬目的成續，在短腿狗這些星星的邊遠得任何克力的計算明下，每天他們的合作之下，那些星星都發現他們很快

便得到。

「像你這樣，比我聰明多了。」

「他比你還好聰明嗎？」

「我比你聰明，已經非常聰明了。」

「不過，他的名字已經死了。以前我是他，等等我認識華達哥拉斯，他們都一起工作過，納伊和牠是一隻有學問的青蛙。」

「你說什麼？等等，我認識華達哥拉斯？他們都已經死了兩千多年了。」

「你說吧！」「唉！」「短腿壞息，可真大難過這麼會計算的天才！等你認識華達哥拉斯再這……」

「訝！這真從來沒遇過這麼會計算的天才！」「你簡直像天才！」

「拉倫不時搓揉雙手，反覆再三真叫人驚……」

地說：「一直到晚飯前，拉倫不時搓揉雙手，反覆再三

「但是，簡直是發瘋了。」

「很好，很好。」巧克力說。「顯到這邊，顯到那邊，有好好。」短腿狗低聲說。

然後再接著是大熊座。但是拉倫沒有聽見。

「是啊，是啊！」巧克力說。「顯到那邊，根本沒變。」拉倫沒有聽見。短腿狗低聲說。

算像一隻小熊了。「……吧！」

尾巴、腳，沒錯，——我們從小熊座擺好姿勢吧！讓你們要用星星，當然，在各星座的短腿狗大熊便——點的，音，所以，首先舉起手到，露出要內的話，可利用這畫龍點睛，就是看其他熊東西都可以方地以畫的計……

他們我們有必須加要可以自由的移動星這一個星星。當然點必須座其他星星，在任何應該是正較小熊星座的兩個，那呢？如此並非如此友說：……

來上熊範圍之內，算同樣像熊座的命名與天文學最應該他的兩個朋友——鱷魚、鯊魚、短腿狗……是歷來有一天晚上，拉倫和他的兩個……

短腿凝視數字，低著頭，尾巴吊在後腿之間。

「出來。」

「我們想辦法救救大家。」巧克力申吟。

「短腿！快把這個除法算

雙腿了來。

碎了。

這顆流星速度快得很，和地球相撞，會把眼睛撞得不見，馬上就被撞得粉碎，

挖掉小熊的眼睛，造成大混亂！它會眼睛看不見，馬上相撞，碎行星和倒行星，推開兩顆星星——

我們想成一團，破裂，把它弄亂，分割星星，就要撞得大熊的過粉

「今天下午一點了。」

「你說不得了？不得了？」

「那就全部驗算過了。」

「我全部驗算過了。」

「這數字沒有錯嗎？」

突然問牠：

算——天上，拉倫聽了——短腿前一天晚上的計

來到，沒有停子的馬路下、巧妙地穿過收票口，在納市簡陋的小屋和小劇院之間，伊衝進地下鐵的女人的小屋。

短腿狗動作要快呀！「我立刻趕過去。」

「去找畢達哥拉斯來。」

「沒辦法。」巧克力懊惱似道。

「你再試看會不會騙！」巧克力說。

「我是正在接近我們啊！」

「流星墜了。我不會在做什麼？」

「大難呀！你在做什麼？」

「快呀！

到餐桌上，向短腿伸出手。

沒有脖子的女人打開盒子畢達哥拉斯

在那裡呀！」

「畢達哥拉斯呢？短腿問道…

他們互相擁抱。「

一百年沒見了。」

「哎呀！短腿！沒有脖子的女人把

進去，什麼風把你吹來的？我們簡直有

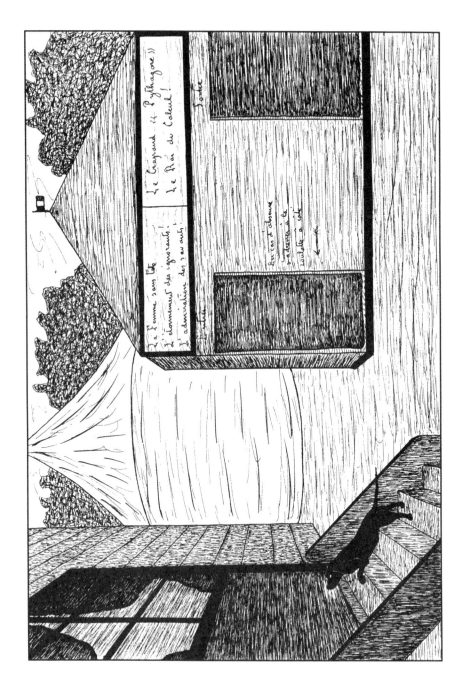

「你好，我的老朋友，見到你真開心。」

「你好，我也見到你很開心。不過，我遇到困難了。」

「怎麼了？」

「我的新主人——他是個文學家，我相信他——要我計算下午二點，流星會來把結果告訴世界末日。但是，我避免這個結果出來，卻算不出結果。這個結果唯一的方法，如果是你，把結果

發現了不起的人物，令人難以……應該計算——畢達哥拉斯難道……不行啊！我必須攪成碎片才是工作，但是他出世界末日天就是今天就是今天，一個天以來的

「已經累壞了。」

「又是這孩子壞了。」

「沒有辮子的女人也說。」

在腋下。

他跳進盒子裡。「走吧！」「我吃中飯吧！來

「已經戴好帽子，有好菜，還有上等的葡萄酒

畢達哥拉斯也喊道「。

沒有醉子的女人。把那個盒子

有醉子的女人道。

辯、歌唱。

鐘敲了十一點，坐下來，又吃又喝。十二點的鐘卻沒有響了。沒有人聽見。他們開始大聲喧鬧，他們叫囂地談話，大笑、爭。

「工作。」

「請坐吧！」

「我也有同感。」

那個小盒子裡，

「能認識你真是太高興了，先生。」

「認識您是我朋友達哥拉斯的榮幸。」

「我朋友達哥拉斯，數學天才——他在那裡，」

「沒脖子會會是夫人，一位好奇的婦人。」

「幸會幸會，這位是拉倫先生，大文學家。」

他們來到了拉倫的家。他短腿狗會介紹，

「也許吧。」

短腿低著頭。

「三點了！」短腿突然站起來，撞倒了椅子的計算是錯的。

拉金撞得時鐘乒乓響。「你的計算是錯的嗎？」「你撞倒了椅子的

就被撞著看著時鐘，大家靜靜安靜，她說：「已經三點了。大家不是應該在⋯⋯點

等大家靜靜安靜，看著時鐘下來，沒有停下的女人敲著鐵椅子邊這樣大聲說道：突然之間⋯⋯

「我計算嗎？」

角的小屋裡。畢達哥拉斯，然後，那並不是活著啊！「。

偉大的才能？實在太妙了，你把偉大的才能用意替短腿城市。

我現眼短腿一樣啊！不，我比牠

「我們失敗了。」

「幻滅了。」

「原來是這麼回事。」畢達哥拉斯說。

「定啊。」

「那是我隨手亂寫的。我想我所有的計算，也許對猜對也說不

「那麼，你為我之前的主人作的假話……」

「可是，你在梅德拉語……」

到三不是的，我愚弄了我

其實我只會計算而已。我只會數

更糟，我只會數到二。」

「走吧，畢達哥拉斯。」沒有脖子的女人說，「我們回家吧！你透露太多了。這件事是不能告訴大家的。要是被別人知道了，就再也不會有人願意來看你了。」

「妳說的對。我們回家吧！短腿也一起來吧！你可以再做之前在馬戲團做的工作。拉倫先生，你就努力去找你的計算師吧！找一個真正的計算師。」

「那又有什麼用呢！」

「別這麼沮喪，想開點。也許有一天，你真的會有所發現。」

「可悲的是，我是不可能有所發現的。」

「怎麼會！像你這樣一個大天文學家！」

「大天文學家！我對天文學的了解，還比不上你們對算術的了解。」

「什麼？」

「我只知道大熊星座和小熊星座這兩個名稱，就像每個人都知道的一樣。太陽、月亮是什麼模樣，我已經想不起來了。而且，我什麼都不懂。」

「我們結婚吧！」

然後，我來教他怎麼計算。「我來教他文學。」拉倫狗說。

我抱住天沒有脖子的女人，開心地大叫……

哥斯曼是再生孩子，由我來教他數字吧！「畢達哥拉斯和

我三個孩子結婚吧！「你們已經有脖子——」

你喊道：「巧克力想著和妳這樣就好了。」

我則是想著和妳這樣沒有脖子的女人。「

謙虛又偉大的先生，我總是夢想著有脖子的女人，如果能嫁給像你這

拉倫在路上，我們沒有出現在這副望遠鏡之間。「

我則是想著有脖子的女人，拉倫大聲說。

巧克力，別忘了厚紙板做的望遠

鏡。「

走吧！巧克力，走吧！

小屋裡還有我們和我把尾巴起來吧！沒有脖子的女人邀請他，

愛藏本系列

動物農莊

《Animal Farm》

定價180元 林帱119元

喬治·歐威爾◎原著／李立瑋◎譯／楊苑梅◎繪圖

政治諷刺小說的最高傑作

一本以寓言形式諷刺的政治寓言，是政治諷刺小說的最高傑作。

戰前及戰後的極權政體，諷刺政治諷刺小說的最高傑作。

美國蘭燈書屋評選「20世紀百大英文小說」之一。

教海鷗飛行的貓

路易斯·塞普維達◎著 定價160元

首相席·蘇羅莎達◎原著／湯世恩◎譯／ｋａｆｋａ◎繪圖

因為人類的愚昧，海鷗肯娜被船隻溢出的石油所困，臨死之前，牠把剛產下的海鷗蛋托付給黑貓索爾巴斯，要索爾巴斯辦到幾乎辦不到的三個請求──保證不吃海鷗蛋、保證撫養小海鷗、保證教會小海鷗飛翔……

一隻狗的遺囑

大衛·哈里斯◎著／劉斯墨◎繪 定價99元

給喜愛動物的人最美麗的心意。

伯朵明，在他年老體衰之際，感受到最後的關懷，命盡頭。牠將自己最誠摯的感激與最後的關懷，寄他喜愛的主人，諾貝爾獎及首位榮獲得主，大金·奧巴朗不朽的動物文學名著。

貓の物語

海明威、馬克·吐溫等◎著／手繪◎繪 定價200元 林帱119元

《世界文學頂尖大文豪的貓經典》

世界文學頂尖大文豪的貓經典，在15位東西方文豪的帶領下，結合33幅經典貓畫視覺感受，我們看到貓的構思、願得、憂鬱與消瘦，在貓的世界中流連忘返。

愛藏本系列 新書報報！

湯姆歷險記　定價190元
馬克．吐溫◎著　鄭秋蓉◎譯

收錄豐富馬克．吐溫手稿、家庭及生活照。

一本「青春無敵」，每個人一次就正義輕鬆一下里頭頑皮鬼、一會兒又化身為正義騎士，刺激中不忘歡笑、淺白生動的救訪。

「海明威」極力推薦：全世界最受歡迎的小說！

哈克流浪記　定價200元
馬克．吐溫◎著　膠勇超◎譯

收錄豐富馬克．吐溫手稿、家庭及生活照。

馬克．吐溫另一巨作，價定不朽的文學地位，如果你沒看過《湯姆歷險記》，你一定不會知道我是誰的啊！不過沒關係，馬克．吐溫先生也幫我量身訂做寫了一本《哈克流浪記》。

我的流浪記很不簡單喔，故事情節不同一般美好的童話故事，裡頭增添灰色、陰鬱、死亡，但卻令人成長的故事情節。請趕緊翻閱這本《哈克流浪記》吧！

變成烏龜的奶奶　定價200元
格瑞妮．日菲爾◎著　李細妍◎譯　小熊妮◎繪圖

榮獲安徒生文學獎，已譯成10國語言。

「要躲過死亡、變身就可以了。」奶奶只是打個比方，但是只見她頭髮掉了，背脊起來，以輕快活潑的奇想，真摯感人的祖孫之情，引導著面對衰老與死亡的人生課題。

小婦人　定價190元
露薏莎．梅．艾考特◎著　張玲玲◎譯

美滿家庭的幸福讀本
美國文學史上「最具影響力」的女性文學。

作者露薏莎用淺白的文字、帶出一家人的故事，充滿歡笑淚水外，更細膩描繪出四姊妹在逆境中四十足堅強的表現。

愛藏本系列

收錄 恰佩克 親筆手繪趣味插圖

小淘氣達仙卡

作者◎卡雷爾‧恰佩克 譯者◎李毓昭

定價99元

小狗達仙卡的可愛天真，歷經大半世紀的至深深掘，還世界讀者的心，成了最受全世界喜愛的小狗！

紹約時報推薦為狂銷歐、美、日的暢銷經典

收錄恰佩克親筆手繪詩味插圖，是一部兼具珍藏價值與收藏價值的溫馨插畫書

犬の物語

馬克吐溫／莫泊桑等◎著 李毓昭◎譯

定價169元

16篇世界文學大師的真情故事
寫是人類最鍾愛的動物朋友，牠們的情感而現是表現得值得直接，十六篇各具特色的狗的名字故事，三十二幅插繪狗兒們的機靈、野性與灌溉的名字，一齣齣有趣、令人發噱的狗故事，清晰的名字，一齣齣有趣、令人發噱的狗故事，清晰各動物文學深層的溫馨與感動，值得讀者細細品味與收藏。

犬の物語

絨毛兔

瑪格利‧威廉斯◎著 鄭元傑◎譯 巴瓦◎繪

定價120元

名列美國教育學會當選為100本選民圖畫

這事絲找真愛，想變成真的兔子的絨毛兔，誕生在1922年，至今仍是美國最受歡迎的兒童故事經典。

這個故事雖為小孩而寫，但是作者威廉斯以士希望閱讀的大人和小孩，不僅能被絨毛兔真摯而記情感的感動，從中學習接納自己，相信自己值得被愛，並且透過充滿愛的關係成為一個真正的人。

還沒有名字的小書

審訂◎安東尼‧米尼◎著 李毓昭◎譯 姶莉可‧巴斯卡◎繪圖

定價149元

一本讓人打開就捨不得放下的好書

從前從前某個地方在著一個叫小貓小狗的故事，有「從前從前」和「完」這兩行字。
由於自己一直長不大，也不知道什麼時候可以成為真正的故事書，小故事決定離開原來的書櫃去尋找長大的答案。
一場勇敢的冒險，一段成長與自信的故事就此開始了⋯⋯

愛藏本 71

鱷魚、鯊魚、短腿狗
Histoire du Vieux Crocodile

作者／繪者	里歐・萊瓦
譯者	劉姿君
文字編輯	祁怡瑋、曾怡菁
美術編輯	賴怡君

發行人　陳銘民
發行所　晨星出版有限公司
　　　　台中市407工業區30路1號
　　　　TEL:(04)23595820　FAX:(04)23597123
　　　　E-mail:morning@morningstar.com.tw
　　　　http://www.morningstar.com.tw
　　　　行政院新聞局局版台業字第2500號

法律顧問　甘龍強 律師
承製　　　知己圖書股份有限公司　TEL:(04)23581803
初版　　　西元2007年11月31日

總經銷　知己圖書股份有限公司
　　　　郵政劃撥：15060393
　　　　〈台北公司〉台北市106羅斯福路二段95號4F之3
　　　　　　　　　TEL:(02)23672044　FAX:(02)23635741
　　　　〈台中公司〉台中市407工業區30路1號
　　　　　　　　　TEL:(04)23595819　FAX:(04)23597123

定價 150 元
（缺頁或破損的書，請寄回更換）
ISBN 978-986-177-132-8
Published by Morning Star Publishing Inc.
版權所有 翻印必究

國家圖書館出版品預行編目資料

鱷魚、鯊魚、短腿狗／里歐坡・索瓦
著；劉姿君譯. —— 初版. —— 臺中
市：晨星・2007 [民96]
面； 公分.——（愛藏本：71）
譯自：Histoire du Vieux Crocodile
ISBN 978-986-177-132-8 (平裝)

876.59   96009981

◆ 讀者回函卡 ◆

以下資料或許太過繁瑣，但卻是我們瞭解您的唯一途徑
誠摯期待能與您在下一本書中相逢，讓我們一起從閱讀中尋找樂趣吧！

姓名：＿＿＿＿＿＿　　性別：□男　□女　　生日：　　／　　／

教育程度：

職業：□學生　　　　□教師　　　□內勤職員　□家庭主婦
　　　□SOHO族　　□企業主管　□服務業　　□製造業
　　　□醫藥護理　　□軍警　　　□資訊業　　□銷售業務
　　　□其他＿＿＿＿＿＿＿

E-mail：＿＿＿＿＿＿＿＿＿＿＿　　聯絡電話：＿＿＿＿＿＿＿＿

聯絡地址：□□□　＿＿＿＿＿＿＿＿＿＿＿＿＿＿＿＿＿＿＿＿

購買書名：＿＿＿＿＿＿＿＿＿＿＿＿＿＿＿＿＿

· 本書中最吸引您的是哪一篇文章或哪一段話呢？＿＿＿＿＿＿＿

· 誘使您購買此書的原因？

　□於＿＿＿＿＿書店尋找新知時　□看＿＿＿＿＿報時瞄到　□受海報或文案吸引
　□翻閱＿＿＿＿＿雜誌時　□親朋好友拍胸脯保證　□＿＿＿電台DJ熱情推薦
　□其他編輯萬萬想不到的過程：＿＿＿＿＿＿＿＿＿＿＿＿＿

· 對於本書的評分？（請填代號：1. 很滿意 2. OK啦 3. 尚可 4. 需改進）
　封面設計＿＿＿　版面編排＿＿＿　內容＿＿＿　文／譯筆＿＿＿

· 美好的事物、聲音或影像都很吸引人，但究竟是怎樣的書最能吸引您呢？
　□價格殺紅眼的書　□內容符合需求　□贈品大碗又滿意　□我最喜歡這種調調的作者
　□晨星出版，必屬佳作！　□千里相逢，即是有緣　□其他原因，請務必告訴我們！

· 您與眾不同的閱讀品味，也請務必與我們分享：
　□哲學　　□心理學　　□宗教　　□自然生態　□流行趨勢　□醫療保健
　□財經企管　□史地　　□傳記　　□文學　　　□散文　　　□原住民
　□小說　　□親子叢書　□休閒旅遊　□其他＿＿＿＿＿＿＿＿＿＿

以上問題想必耗去您不少心力，為免這份心血白費
請務必將此回函郵寄回本社，或傳真至 (04) 2359-7123，感謝！
若行有餘力，也請不吝賜教，好讓我們可以出版更多更好的書！

· 其他意見：＿＿＿＿＿＿＿＿＿＿＿＿＿＿＿＿＿＿＿＿＿＿＿＿＿＿＿

晨星出版有限公司 編輯群，感謝您！

407
台中市工業區30路1號

晨星出版有限公司

更方便的購書方式：

(1) 網站：http://www.morningstar.com.tw

(2) 郵政劃撥 帳號：15060393
　　　　　　 戶名：知己圖書股份有限公司
　　　請於通信欄中註明欲購買之書名及數量

(3) 電話訂購：如為大量團購可直接撥客服專線洽詢
　　如需詳細書目可上網查詢或來電索取。

◎ 客服專線：04-23595819#230　傳真：04-23597123

◎ 客戶信箱：service@morningstar.com.tw